W0220710

Gallimard Jeunesse / Giboulées sous la direction de Colline Faure-Poirée

© Gallimard Jeunesse, 2006
ISBN : 2-07-055491-0
Dépôt légal : octobre 2006
Numéro d'édition : 148223
Loi n° 49956 du 16 juillet 1949
sur les publications destinées à la jeunesse
Imprimé en France par ***Partenaires-Book***® (JL)

Blaise et Thérèse les Punaises

Antoon Krings

GALLIMARD JEUNESSE / GIBOULÉES

« Une maille à l'endroit, une maille à l'envers… Si c'est un garçon, il s'appellera Blaise, si c'est une fille, elle s'appellera Thérèse… »
Une maille à l'endroit, une maille à l'envers…
Comme ce furent des jumelles, tout le monde au jardin les appela avec amusement Blaise et Thérèse.
– Blaise ou Thérèse… pfff! punaises quand même, grommela Benjamin le lutin, qui n'aimait pas jouer les bonnes fées.
– N'écoutez pas ce vieux garçon, s'empressa de dire Carole la luciole à la mère punaise. Il a toujours eu des manières un peu rudes, mais c'est au fond un brave lutin. Seulement, vous comprenez, c'est plus fort que lui, les enfants le contrarient.
– Les enfants le contrarient? Eh bien, qu'il se marie et il changera d'avis!

Bien sûr, Benjamin ne se maria pas ; il ne changea pas non plus d'avis sur les enfants, surtout les punaises, ses petites voisines qui venaient sans cesse se coller à lui pour lui tirer les poils de la barbe, ou jouer à la petite bête qui monte, qui monte, qui monte…
Cette fois, le jeu consistait à se rouler dans le tas de feuilles que le vieux bonhomme avait ramassées la veille.
– Ma parole ! Elles ne savent plus qu'inventer ! Et puis qu'est-ce que c'est que ces façons de rire et de crier ? À quoi ça ressemble ? Dites donc, leur dit-il en élevant la voix, vous en avez encore pour longtemps ?
Nullement impressionnées, les jumelles se mirent à rire de plus belle en faisant voler les feuilles.
– Ah, c'est trop fort ! gronda le lutin, furieux. Vous allez voir de quel bois je me chauffe !

– Allons, Benjamin, voyons! s'exclama Barnabé le scarabée qui, en bon voisin, était venu voir ce qu'il se passait. Ne sois pas si sévère avec ces petites. Après tout, ce ne sont que des enfants, et les enfants sont par nature remuants et bruyants, surtout si l'on ne s'occupe pas d'eux.
– Oh toi le croûteux, occupe-toi de tes croûtes! rétorqua le lutin juste avant de se raviser : par contre je vais te faire une proposition qui, je l'espère, cher artiste, te donnera raison et qui, moi, me soulagera. Il prit les jumelles par la main et s'approcha du scarabée avec un sourire malicieux.
– Mon très cher Barnabé, j'aimerais que tu emmènes ces adorables petites punaises avec toi et que tu leur fasses faire un peu de barbouillage.

– Tu veux dire de la peinture, reprit le scarabée en regardant de haut le lutin qui s'éloignait déjà.
– C'est ça, de la peinture quoi! Qu'est-ce que j'en sais, moi!
– Oh mais tu n'y penses pas, Benjamin, c'est impossible! Tu sais, la peinture à l'huile, c'est très difficile!
– Oui, mais c'est bien plus beau que la peinture à l'eau, lui lança le lutin avant de disparaître dans le jardin.
– Peu importe que ce grincheux se moque de mon art, dit Barnabé d'un air méprisant. Je vais lui montrer, moi, comment on s'y prend avec les enfants!
Et, tout en ouvrant la marche, il cria joyeusement :
– Allons, allons, pressons, tout le monde à la queue leu leu. On fait la chenille. Pouêt, pouêt! Et en route pour l'atelier peinture!

Une fois arrivée chez l'artiste, la chenille, qui jusque-là avait avancé sans encombre, fut soudain en proie à des sautes de joie.
– Pas la peine de s'exciter comme des puces, leur dit Barnabé en riant. Il faut d'abord mettre son tablier et aller remplir son godet à l'évier.
– Dis, Carabée, moi j'veux faire un beau dessin.
– Et moi, Banabé, un collier de nouilles pour le gros lutin !
– Patience, patience, les enfants, chaque chose en son temps !
Après avoir noué les tabliers et rempli les godets d'eau claire, le scarabée les fit asseoir à sa table et leur donna de quoi peinturlurer.
– Et maintenant, amusez-vous bien ! s'exclama-t-il avec enthousiasme. Je veux de la gaieté, de la bonne humeur et surtout de la couleur !

Évidemment, tout ce joyeux désordre finit par exaspérer Benjamin le lutin. Un jour, après avoir mis le pied sur un de leurs maudits machins à roulettes, le vieux bonhomme déclara que la soupière était pleine, que la goutte d'eau avait fait déborder l'arrosoir et que désormais il confisquerait tous les jouets qu'il trouverait.
Et comme il y en avait plein le jardin, il remplit bientôt son bahut qu'il appela avec malice coffre-à-jouets-pour-moi-tout-seul !

– Voleur ! T'es un voleur, gros lutin, t'as volé nos jouets !
– Mais je n'ai rien volé, espèces de vilaines punaises ! s'écria le lutin. Tout ce qui tombe dans mon jardin m'appartient.
– Voyons, Benjamin, cela a assez duré, protesta Loulou, indigné par son entêtement. Les petites ont compris la leçon.
– J'ai dit qu'ils étaient confisqués, riposta le lutin en leur claquant la porte au nez. CON-FIS-QUÉS !

Quand il se retrouva enfin seul, le lutin se mit à battre des mains et à pousser des cris d'Indien. Puis il tourna autour des jouets en sautant comme un petit fou, fit voler un ballon jusqu'au plafond de son champignon, enfourcha un cheval à bascule, renversa des quilles.
– Vive les jouets ! cria-t-il en faisant valser une poupée. Vive les zouzous ! Les zouzous de Benzamin !
Seulement voilà, passé l'excitation des premières heures, notre diablotin jouait déjà avec moins d'entrain ; les zouzous ne l'amusaient plus autant. Peu à peu, sa bonne humeur fit place à l'ennui et à la tristesse. Avait-il des remords ? Il l'ignorait, mais il se sentait mal à l'aise, les idées se brouillaient dans sa tête.
« Vraiment, soupira-t-il, ce n'est pas drôle de devoir se cacher pour jouer tout seul ! »

Après bien des hésitations, il se décida enfin à sortir de chez lui et à se montrer en plein jour, le ballon de Loulou sous le bras.
– Qui veut faire une partie avec moi ? demanda-t-il en s'avançant un peu gêné vers ses petites voisines. Croyant qu'il se moquait d'elles, les deux punaises d'abord ne répondirent pas. Mais comme le lutin se montrait insistant et qu'elles étaient toujours prêtes à faire mumuse, elles finirent par accepter. Alors Benjamin, de nouveau tout joyeux, donna le coup d'envoi de la partie en shootant de tout son cœur dans le ballon qui… oh, punaise ! vola droit dans les fleurs de Barnabé !

– Encore ces maudites gamines, s'écria le scarabée en sortant furieux de chez lui. C'est pas possible : regardez dans quel état sont mes fleurs!
– Voyons, Barnabé, ne sois pas si sévère avec ces petites, dit Benjamin en se moquant gentiment. Ce ne sont que des enfants après tout, et les enfants ont besoin de se dépenser, de s'amuser. Rappelle-toi, c'est toi-même qui me le disais.
À ces mots, le scarabée poussa un grand soupir, hocha la tête pensivement et soudain s'écria :
– Blaise, Thérèse, ça vous dirait de faire un collier de nouilles pour le gros lutin?